ÚLTIMA PARADA
DE LA CALLE MARKET

TEXTO DE
MATT DE LA PEÑA

ILUSTRADO POR
CHRISTIAN ROBINSON

Corimbo • Traducción de Teresa Mlawer

A Luna y a sus dos abuelas,
Roni y Grace
—M. de la P.

A Nana
—C. R.

Jackson empujó la puerta de la iglesia
para salir y bajó los escalones saltando.

Fuera, el aire olía a libertad, pero también a lluvia,
que salpicaba la camisa de Jackson y resbalaba
por su nariz.

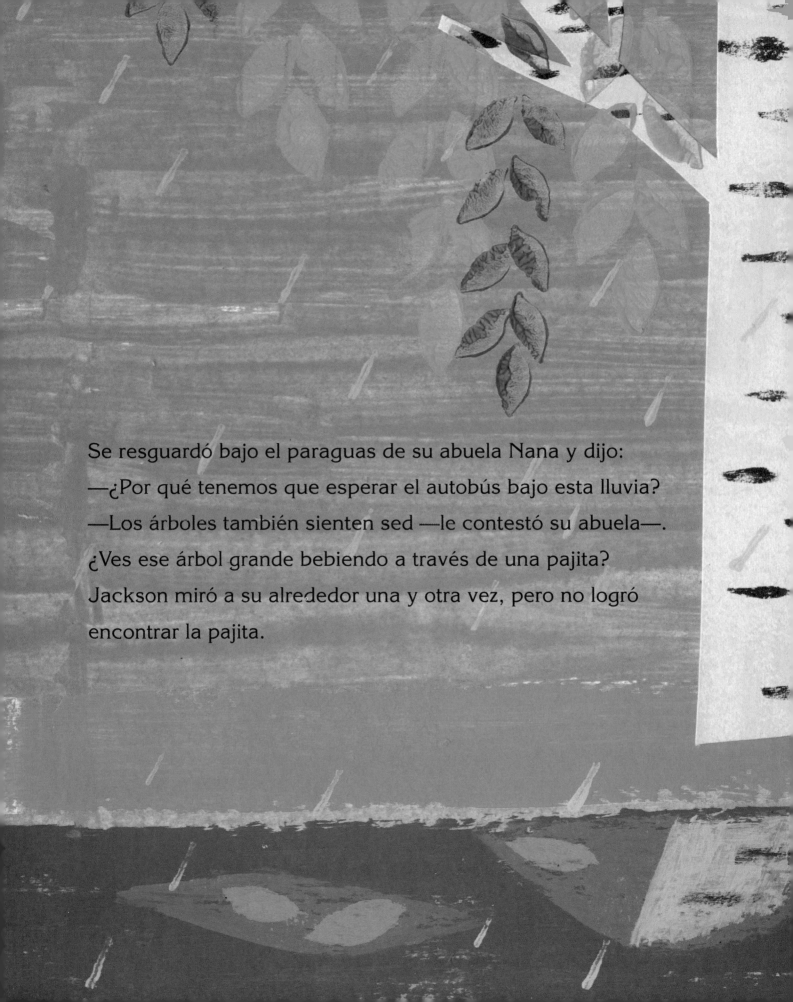

Se resguardó bajo el paraguas de su abuela Nana y dijo:

—¿Por qué tenemos que esperar el autobús bajo esta lluvia?

—Los árboles también sienten sed —le contestó su abuela—.
¿Ves ese árbol grande bebiendo a través de una pajita?

Jackson miró a su alrededor una y otra vez, pero no logró
encontrar la pajita.

Desde la parada del autobús podía ver el agua bañar los pétalos de las flores. Y la lluvia chapotear en el parabrisas de un coche estacionado cerca. Su amigo Colby subió al coche, saludó a Jackson con la mano y se marchó con su papá.

—Abuela, ¿por qué nosotros no tenemos coche?

—Pero, hijo, ¿para qué lo queremos? Tenemos un autobús lanzallamas y al señor Dennis, que siempre te enseña un nuevo truco de magia.

El autobús chirrió y se detuvo frente a ellos. Humeó, descendió ligeramente, y las puertas se abrieron de par en par.

—¿Qué es esto que veo? —preguntó el señor Dennis sacando
una moneda de detrás de la oreja de Jackson y depositándola en
la palma de su mano. Nana se rio con su risa profunda y le hizo
una señal a Jackson para que tomara asiento.

Se sentaron a la entrada. El hombre que estaba
frente a ellos afinaba una guitarra. Una señora
mayor con rulos llevaba mariposas en un frasco.
Nana sonrió a todos y les dio las «buenas tardes».
Se aseguró de que Jackson también lo hiciera.

El autobús arrancó y frenó,

arrancó y nuevamente se detuvo.

Nana tarareaba mientras tejía.

—¿Por qué siempre tenemos que venir aquí después

de la iglesia? —preguntó Jackson—.

Miguel y Colby nunca tienen que ir a ninguna parte.

—Pues lo lamento mucho por ellos —dijo Nana—.
Nunca conocerán a Bobo, ni al hombre de las gafas
de sol. Ni a Trixie, que estrena un nuevo sombrero.
Jackson miró a través de la ventanilla y sintió
lástima de sí mismo. Contemplaba los coches
que pasaban a ambos lados y a unos chicos que,
con sus bicis, subían y bajaban el bordillo de la acera.

Un hombre y su perro con manchas subieron al autobús.

Jackson le ofreció su asiento.

—¿Por qué ese hombre no puede ver?

—Hijo, ¿cómo que no puede ver? —le dijo su abuela—.
Algunas personas pueden ver el mundo con sus oídos.

—Eso es verdad, y con la nariz, también —dijo el hombre olfateando
el aire—. Qué perfume tan fino lleva puesto hoy, señora.

Nana estrechó la mano del hombre y se rio con su risa profunda.

A continuación, subieron dos chicos. Jackson se quedó
observándolos hasta que se detuvieron en la parte de atrás.

—Cómo me gustaría tener uno de esos —dijo.

Nana dejó a un lado su tejido.

—¿Y para qué? Justo frente a ti lo tienes en vivo. ¿Por qué
no le pides al señor que nos toque algo?

Jackson no tuvo que hacerlo.
El guitarrista ya había comenzado
a pulsar las cuerdas
y a entonar una canción.

—Para sentir la magia de
la música —susurró el
hombre ciego—, es mejor
cerrar los ojos.
Nana cerró los suyos.

Y también lo hizo Jackson,
y el perro con manchas.

Y en la oscuridad, el ritmo transportó
a Jackson hacia el exterior del
autobús, fuera de la bulliciosa ciudad.

Vio los colores de una puesta de sol moviéndose
en el vaivén de las olas. Vio una familia de halcones
que surcaban el cielo. Vio las mariposas de la señora
mayor bailando libres a la luz de la luna.
Jackson sintió que su pecho se hinchaba, se dejó llevar
por el sonido, que lo envolvió en su magia.

La canción terminó, y Jackson abrió los ojos.
Todos en el autobús comenzaron a aplaudir,
incluso los chicos de la parte de atrás. Nana miró
de reojo la moneda que Jackson tenía en la mano.
Jackson la dejó caer en el sombrero del hombre.

—Última parada de la calle Market
—anunció el señor Dennis.

Jackson bajó del autobús y miró a su alrededor.

Aceras desmoronadas y puertas destartaladas,

vidrieras marcadas con grafiti y tiendas clausuradas.

Se agarró de la mano de su abuela.

—¿Por qué este lugar está siempre tan sucio?

Ella sonrió y señaló en dirección al cielo.

—A veces, cuando la suciedad te rodea, Jackson,
te hace apreciar mejor lo que es realmente bello.

En ese momento, Jackson vio un arcoíris que se elevaba
sobre el comedor social. Se preguntó cómo su abuela siempre
encontraba belleza donde a él ni siquiera se le ocurriría buscar.

Volvió a mirar a su alrededor: vio el autobús que doblaba
la esquina y se perdía a lo lejos, las farolas de la calle
rotas, pero aún proyectando su intensa luz, y las sombras
de los gatos callejeros que se movían por las fachadas.

Cuando divisó unas caras familiares a través de la ventana, dijo:

—Me alegro de haber venido.

Pensó que escucharía la risa profunda de su abuela,

pero no fue así.

Le pasó la mano por la cabeza y le dijo:

—Yo también, Jackson. Vamos, entremos.

© 2016, Editorial Corimbo por la edición en español
Av. Pla del Vent 56, 08970 Sant Joan Despí (Barcelona)

corimbo@corimbo.es
www.corimbo.es

Traducción al español de Teresa Mlawer
1ª edición septiembre 2016

Del texto © 2015 Matt de la Peña
De las ilustraciones © 2015 Christian Robinson

Edición publicada de acuerdo con G.P. Putnam's Sons imprint of Penguin Young Readers Group,
división de Penguin Random House LLC

Impreso en Repromabe
C. Enric Borràs 3, 08780 Pallejà (Barcelona)

Depósito legal: B.15551-2016
ISBN: 978-84-8470-549-9